KB214366

국화 한 송이

국화 한 송이

2024년 10월 17일 초판 1쇄 인쇄
2024년 10월 25일 초판 1쇄 발행

지은이 | 김종회 외
펴낸이 | 孫貞順

펴낸곳 | 도서출판 작가
　　　　(03756) 서울 서대문구 북아현로6길 50
　　　　전화 | 02)365-8111~2　팩스 | 02)365-8110
　　　　이메일 | cultura@cultura.co.kr
　　　　홈페이지 | www.cultura.co.kr
　　　　등록번호 | 제13-630호(2000. 2. 9.)

편집 | 손희 김치성 설재원
디자인 | 오경은 이동홍
마케팅 | 박영민
관리 | 이용승

ISBN 979-11-94366-05-8　03810

값 15,000원

한국디카시 대표시선

13

2024 제2회 창원 세계디카시페스티벌 작품집

국화 한 송이

Changwon World Dicapoem Festival

작가

2024 제2회 창원 세계디카시페스티벌 작품집을 펴내며

이원근(창신대학교 총장)

디카시는 창신대학교에서 시작돼 지금은 한국을 넘어 한글과 한국문화를 알리는 글로벌 문화콘텐츠로도 기능하고 있습니다. 디카시는 2016년에는 국립국어원 우리말샘에 문학 용어로 등재되고 2018년부터는 중고등학교 교과서에도 수록됐습니다. 디지털 환경 자체를 시 쓰기의 도구로 활용한 디지털 시대 최적화된 새로운 시로 자리 잡으면서 프로슈머들의 생활문학으로 사랑을 받고, 유수의 시인들도 속속 디카시집을 내는 본격문학으로도 각광받고 있습니다.

창신대학교에서는 한국디카시인협회와 공동 주최로 올해 제2회 창원 세계디카시페스티벌을 개최하고 그 일환으로 제2회 창원 세계청소년디카시공모전도 열었습니다. 이 공모전은 지난해보다 훨씬 뜨거운 호응 속에서 성공적으로 진행됐습니다. 지난해는 응모 대상이 중고등학생으로 한정됐지만 제2회는 초등학생들도 참여가 가능하도록 확대했습니다. 그 결과 응모 편수도 증가했고, 중국, 호주 등 외국 학생도 수상하는 명실상부한 국제적인 청소년공모전으로 도약하게 됐습니다.

　이번 《2024 제2회 창원 세계디카시페스티벌 작품집》은 제
2회 창원 세계청소년디카시공모전 수상 작품과 더불어 한국디
카시인협회 국내외 지부 회원들의 디카시 작품도 함께 수록했
습니다. 한국 유명 시인들의 디카시 작품과 미국 뉴욕, LA, 시카
코, 시애틀, 달라스, 중국을 비롯하여 캐나다, 영국, 독일, 프랑
스, 인도네시아, 베트남 등 한국디카시인협회 해외지부 회원들
의 디카시 작품을 수록하고 있어 오늘날 글로벌 디카시의 풍경
을 생생하게 보여주고 있다는 점에서 이채롭다고 하겠습니다.

　여기에 수록된 작품들은 마산국화축제 행사장 일대에
《제2회 창원 세계디카시전시회》로 선보여 많은 사람의 주목을
받게 될 것입니다. 창원특례시의 전폭적인 지원과 경남은행, 부
영주택 등 기업의 후원으로 매년 마산국화축제 기간에 창원 세
계디카시페스티벌이 열림으로써 동북아 중심도시 창원이 글로
벌 디카시의 새로운 중심이 되고, 디카시를 사랑하는 국내외
많은 디카시인과 동호인들에게도 큰 관심과 사랑을 받을 것으
로 기대합니다.

디카시의 발전과 확장에 큰 디딤돌

김종회(한국디카시인협회 회장)

2024 제2회 창원 세계디카시페스티벌을 맞아 디카시 발원 20주년을 기념하는 〈2024 제2회 창원 세계디카시페스티벌 작품집〉을 발간하게 되어, 이보다 더 큰 기쁨이 없습니다. 모두 잘 아시다시피 올해는 경남 지역에서 소규모 문예 운동으로 시작됐던 디카시가, 그 연혁에 있어 성년에 이른 뜻깊은 해입니다. '네 시작은 미약하였으나 네 나중은 심히 창대하리라'는 성경 말씀처럼, 소수의 시인과 동호인이 동참하던 디카시는 이제 그야말로 하나의 대세이자 시대정신에 육박하고 있습니다.

한국을 넘어 온 세계를 향해 새로운 한류 문예 장르로서, 과거의 문자문화 시기에 비하면 '장강의 뒷물결이 앞 물결을 밀어내는' 형국이 되고 있습니다. 현재 국내 13곳의 지자체에 지부와 지회가, 그리고 해외 20곳의 주요 국가 주요 도시에 지부가 결성되어 활동하고 있으니, 가히 상전벽해桑田碧海의 변화라 하지 않을 수 없습니다. 더불어 이 발 빠른 확산의 기세는 앞으로 가일층 힘을 더할 것으로 보입니다.

이러한 때에 창신대학교와 한국디카시인협회가 상호 협력하여 온 세계의 다키시인이 참여하는 축제를 열고, 국제컨퍼런스와 세계청소년디카시공모전 시상식을 개최하는 등 기념비적 시간들을 맞고 있습니다. 이번 기념 디카시집은 지역의 저명인사와 시인, 한국디카시인협회의 지부 및 지회 소속 시인들의 작품들을 한데 묶었습니다. 이 시집 한 권이 디카시의 발전과 확장에 굳건한 디딤돌이 될 것으로 믿어 마지않습니다.

이 작품집의 표제를 〈국화 한 송이〉로 한 것은, 수록된 작품 중 베트남 오덕 지부장의 디카시 제목에서 가져온 것입니다. 이번의 페스티벌 또한 지난해와 마찬가지로 마산국화축제 기간에 개최된다는 의미와 더불어, 한 분 한 분의 소중한 디카시를 결곡하고 기품있는 성과로 받아들인다는 의지를 반영합니다. 예로부터 오상고절傲霜孤節이라 불리던 국화는, 오늘날 영감의 사진과 섬광의 시어를 산출하는 우리 디카시인들의 기백이기도 합니다. 다시금 작품을 보내주신 시인들과 이처럼 소담스러운 시집에 이르도록 수고한 손길들에 깊이 감사드립니다.

발간사   **이원근**(창신대학교 총장)
인사말   **김종회**(한국디카시인협회 회장)

차례

영국

프랑스

중국

| 3부 | 2024 제2회 창원 세계청소년디카시공모전 수상작
초등부

지역인사 초대 디카시

바위 느티나무

흙내음 가득한 산비탈이 아닌
물내음 그윽한 도랑가가 아닌
바위를 뚫고

비 한 방울을 가슴으로 감싸 안으며
온몸으로 한 생애를 견디는 저 질긴 목숨

— 이원근(창신대학교 총장)

인생무상

너도 빈손 나도 빈손으로 왔다가
빈손으로 가는 우리네 인생
그 무엇을 더 탐하리오

— **차신희**(창신대학교 사무처장)

풍요의 숨결

한 송이 국화 속에
우리 창원 시민의 꿈이 있다

그 아름다움이 이들의 삶을 담고
창원에 환한 빛을 더한다

마치 어머니의 품처럼 감사의 빛으로 물들인다

— **허종구**(BNK경남은행 영업본부장)

자홍색 국화

차가워진 가을녘 홀로 서리를 맞으며

꽃망울을 머금고 피는 너의 모습은

우리에게 따사한
햇살 한 줌이 되어 다가오네

― 한광일(BNK경남은행 영업부 부장)

축제

춤추는 우주
환호하는
여왕의 미소

— **민창홍**(경상남도문인협회 회장)

추석 전야

높디높은 가지 끝에 걸린
잘 빚은 송편 하나

— **박혜진**(창신대학교 도서관장)

세계작가 초대 디카시

한국작가

—

한국디카시인협회 본부
경남지부
대전·충청지부
경북지부
부산지부
울산지부
서울 중랑지회
경남 양산지회

화안花顔

꽃잎 하나에서 청양靑陽의 봄을
나뭇잎 한 장에서 조락凋落의 가을을
여기 국화 운집하니 계절의 향연饗宴

― 김종회(한국디카시인협회 회장)

가을

찻집 다전에서 국과차를 마신다
강 선생이 말한다
끝까지 노란 빛깔을 버리지 않는다고
때로 툭 뱉는 친구의 말에도
시향이 묻어난다

— 이상옥(한국디카시연구소 대표)

데자뷰

하늘에서 이루어지는 것과 같이
땅에서도 이루어지이다

가을엔 그림자도 색을 갖는다

― **최광임**(한국디카시인협회 부회장)

검은 꽃

잎이 하나도 없는 나무가 있소
생각에 잠긴 검은 꽃이 피어 있소
첩첩 무거운 하늘을 이고 물끄러미
가야 할 방향을
꽃은 생각하오

― 이서린

애정표현

결혼을 앞둔 딸에게
손수 메기탕을 끓여 먹이겠다며
있는 힘껏 투망을 던지시던 아버지

저물녘이면 가끔 날 만나러
굳이 노을로 오시네

— 천융희

지나치게 한쪽으로만 쏠리는 저 기울기

어떻게 저럴 수 있느냐고
위험하니 내려오라고

서쪽으로 흘려보내는
누군가의 메아리가 슬프게 아프게

피었다

— 이기영

동갑

지금 거울을 본다

네가 나인지
내가 너인지

— 김정희

속수무책

아무도 말릴 수 없겠다

말릴수록 더 뜨거워지겠다

— 권현숙

절정

짜릿한 입맞춤

꿀맛 같은 가을을 다 열고 말았다

— 김정숙

봉선화 연정

여인의 손끝에서
남정네 가슴으로
물들이는 가을빛

― 명순녀

백세시대

현란한 햇살 없이도 꽃 피웠다
한 움큼의 詩 쏟아내지는 못했어도

소담한 모습으로 살다 가고파

— 박문희

뜨개질

한 올 한 올 걸어 가을을 뜨네
걸러 올라온 국화향

— 손연식

시그널

손부채질로 어림없는 9월 더위
가기 싫어 짜증내는 거라고
준비된 가을을 모셔왔다

- 거짓말 같지만 금방 옵니다

— 오정순

그대 오기를

손 모아 기도하지 않았더라면
가을은
우리 마을 멀리 돌아가고

그대 해맑은 웃음소리
들을 수 없었을지도

― 유홍석

꽃이 웃는 시점

간격을 좁혀준 것만도
커다란 위안이 된다

어둠 깊을수록
환해지는 우리들 우정

— 장한라

길소녀 합창단

키높이 화음에
앙증맞은 동작도 살랑살랑
가을 햇살 단복 맞춰 입고
발표회 준비로 분주한

— 정사월

꽃 中 꽃

계절 모른 나무가 잔치합니다

어머니 손으로 빚은 떡
아버지 땀으로 일군 밥

국화菊는 쌀을 품고 있어요

— 조규춘

소망꽃

시월의 개천 장날
남강변에 국화가 만개했네
부자 되게 해 주소서, 건강하게 해 주소서
소망을 가득 담았네

— 김성진

국화 옆에서

당신 찾아 몇 생을 헤매었지만
그때마다 서리를 먼저 만났네
이번 생도 못 보고 눈은 멀어서
지팡이만 이리저리 두드려보네
당신 옆에서 당신 찾아 두드려보네

— 김남호

향기를 묘사하다

인간이 알 수 없는
영감으로 스며드네
꾸미지 않아도, 존재만으로도
풍격이 피어나는 국화

— 박우담

만남

지난해에도 함께였었는데
무심한 듯 잊고 있었구나
너가 오니
새삼 가을이라 하는구나
신이 불어 넣어 준 향기로 피어나라

— 나유경

절정

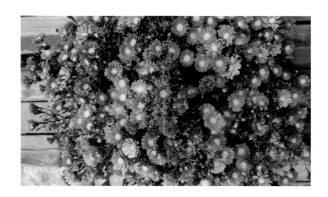

한여름 땡볕에 비실비실 말라
죽을 것 같더니만
처서 지나
보란 듯 자태를 드러내는 너는
어느 별에서 온 공주인가

— 문영숙

그대 앞에서

그대를 보고 있으면 내 곁을 떠난 인연들에게
감사의 마음으로 헌화한 순간이 떠오르고
그대를 보고 있으면 나를 만났던 인연들에게
사랑의 마음으로 다가온 나눔이 떠오르고
수많은 별이 되어 내 가슴에서 빛나는 그대 앞에서

— 이위발

달그림자가 기울어 뉘 마음에 고이는데

수직 수평이라는데
그래야 한다는데

바람도 풀도 나무도
제 갈 길 가는데

— 유쌍온

생 1

당신이라는 이름 앞에서
때로는
신발을 벗어야 할 때가 있다

— 이태관

엄마가 뿔났다

츰 부터 그런 사람이 어딧긋냐
자슥키우며 악다구니 쓰다봉께

가시도 물렁한 시절이 있어야

— 김종우

왕실의 향기

멈출 수 없는
고려 왕실의 향기

거친 바람을 거슬러 걷는 이의 이마를 닦고 있다

— 권명해

가을 연리지

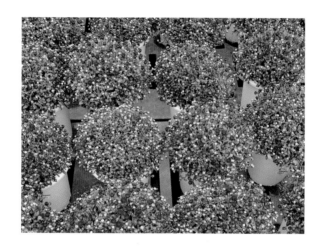

눈 꼬옥 감고 있어도 다 안다
보내도 보내도 다시 오는 가을
네가 더 가까워지면
내가 활짝 웃게 될 거라는 거

— 백운옥

귓속말

너도 모르는 네가
네 안에 있단다

바람의 손길과
햇살의 약속을 잊지 말고
꿈꾸는 일에도 지치지 말기를

— 전현주

나다운 사람

숨 가쁘지 않은 걸음걸이로
뚜벅뚜벅

꿈이 담긴 주머니
향기와 빛깔을 간직한 채

나만의 이름으로 꽃 피워 내는 일

— 황재원

소풍

누가 가르쳐 주지 않아도 알지
혼자일 때보다
친구들과 함께 어울려야
더 아름다울 수 있음을
밝은 웃음으로 전한 유치원 소풍날

― 강춘홍

외국인 노동자

명절인데
다들 고향 간다고 들떠 있는데
우리는 그냥 먼 하늘만 바라봅니다

지금 고향 땅에도 저 달은 뜨겠지요

— 김성용

따뜻한 국화

가을이 다가오자
시들했던 국화들이
살아나고 있다

쌀쌀해진 골목길이
데워지고 있다

— 박해경

그 가을의 이별

옛집 담장 아래
조금만 더 머물다 갈게요

내가 사위어 가도
너무 섧다 마세요

— 엄미경

가을 소식

해양누리공원에 꽃향기가 터졌다
전국으로 퍼지며 가을이 배달된다

— 이시향

미용실

너도 파마했네
나도 어제 했다
국향 향기 나는 파마머리

— 김명요

엄마 냄새

정신줄 놓지 않으려
누워서도 구구단을 외우셨다

꽃같이 예뻤던 구순의 엄마

— 문임순

내 마음

눈꽃 같은
설빙 한 사발
그윽한 향기
그득히 담아서

— 신은미

어떤 죽음

먼 곳도 마다하지 않고
일하러 다니더니

원도 한도 없겠다

— 위점숙

희망사항

와락 달려와 안긴다

아이들 하얀 웃음소리
까르르까르르
온 동네 빛 가득하다

— 이유상

꿈꾸다

분란한 삶의 발버둥
수많은 희망이 피어난다

청춘들의 내일처럼

― 조태환

순정

한 철
뜨거운 입맞춤

스치는 시간에 갇힌
생의 화양연화

— 서경미

축제

팡팡팡 터진다
가을 머금은 불꽃놀이

떵동~
마음이 보낸 안전문자
설렘주의보 발효

— 이경선

삶이 그대를 속일지라도

굴곡진 삶이지만
버팀목이었던 기억 조각 모아
다시 엮어가는 사랑문

— 김수희

세계작가 초대 디카시

해외작가

———

미국
캐나다
영국
프랑스
중국
인도네시아
베트남

첫사랑

나도, 한 때
가슴 속에 묻어둔
분홍빛 사연을
터뜨릴까, 말까
파르르 떨었지

― 김희주

붉은 연가

그때 우리
겁 없이 타올랐지
세월에 빛바래지 말자
혈서라도 써놓았더라면
변함없이 뜨거웠을까

— 오연희

생명

오롯이 홀로 서 있는
어린 꽃이 피어오르는
그날이 오면
차거운 생명의 잎새는
쓸쓸히 길을 떠난다

— 정 다니엘

극락조

세상에서 제일 이쁘다고
거만한 모습으로 꽃으로 왔네

그러나 세상에는
하도 이쁜 꽃이 많아
차라리 극락으로 보내달라는…

— 정해정

국화와 산비둘기

국화꽃들과 함께 놀던 산비둘기도
가을이라 떠나가고

헤어진 뒤에도
쓸쓸한
아름다움을 뽐내는 국화꽃

― 홍영옥

수목장 백장미

이름 없이 살다 가신 야생화 내 어머니
천국 별밭 정원에선 백장미로 피어났나
사후에
새긴 대리석 이름 꽃등 밝혀 보시네

— 지희선

연리지

오래 도록 곁에 두고 싶어
천년 만년 바라 보고 싶어
이끼가 낀 너와 나의 거리
걸어서 닿지 못할 너와 나의 거리

— 안영

일편단심

새 날을 맞아
기쁘고 감사해요
언제라도 환한 얼굴로
당신을 사랑해요

— 윤관호

그림일기

산이 멀어
가을 하늘 그림자 내려온
우물, 푸른 지구의 울타리 안에서
뒤꿈치 들면 들리는 목소리
그대를 받아쓰는 색연필

— 이명숙

존재의 이유

내가 온 것은
너 때문이지
나 때문이 아니야

— 황미광

길상사의 상사화

길상사엔 상사화만 핀다
꽃 무릇이라 부르지 마라
심혈로 쏟아낸 빛

아찔한 현기증이다

— 김세라

가을 속으로

나도 가을이고 싶었다
그러자
어디선가 단풍 몇 개 내게 안겼다
여태 떠나지 못한 묵은 사랑이
가을 속으로 사라진다

— 엘리자벳 김

마주 한 그대

올 것 같지 않던 기다림 속에
의연한 자태로 세상으로 나아가는
닮은 듯 닮지 않은 너와의 만남

— 이진희

소국

꽃을 좋아하시던 엄마는
내가 좋아하는
오색의 소국을 유난히 좋아하셨지
이젠 알지
고명딸을 향한 엄마의 마음이었음을

— 이송희

트리오Trio

열정은 빨간 꽃잎 속에 숨기고
진홍색 순정은 가을의 꽃술에 담고
나만 바라보며 짓는 샛노란 미소
보면 볼수록 사랑스러운 국화트리오

— 이동하

나를 보아주세요

내 사랑이 꽃으로 피던 날
바람에 실려보낸 설레는 마음
오롯이 당신께만 들키고 싶어요

— 박희옥

꽃의 소묘

저 노란 꽃이파리
저 붉은 꽃망울들
그려낼 수 없음에 가슴에 심으리
다시는 떨어져 내려
흩날리지 않으리

— 박창호

고목 나무 옆에서

새들을 기다리다
고목나무는 하얗게 속이 터졌다
새빨간 어린 새 꽃이
샛노란 입술로 부르는 절창
지축을 울리고 나를 울린다

— 배미순

늦은 꽃

옆에서 누가 주저앉으면 작은 진동에도 멈추었어
모여서 피지 않으면 아니 피움만 못하다고 알고 있어서 늦었어
어릴 적 맹세 긴 시간 지나도 저버릴 줄 모른다면 그건 실력이지
그래서인가, 빛깔보다 먼저 향기가 진동을 하네

— 신정순

순환

그나저나 그거 알아?
꽃잎 진다고 슬퍼할 거 없다는 거
씨를 맺으려면 버려야 하는 것들이 있어
가고 오는 것은 둘이 아니라 결국은 하나야
그걸 잊지 말자구

— 김성식

속삭임

찬 서리 머무는 이른 아침
기품 있게 꽃잎 여는 국화꽃
꽃의 언어로 속삭인다
사랑이 꿈은 아니겠지?

— 신옥식

꽃무릇

한 몸인데 같은 시간에 만날 수 없어
암흑을 견디며 알뿌리 깊이 내리고
그리움에 푸른 줄기 세운다
존재 자체가 외로워 붉은 꽃

— 위정옥

접시꽃

바다 건너 어머니가 주신 꽃씨 심으니
고향이 그리운지 높게도 자랐구나
붉은 꽃 피워 푸른 하늘 바라보니
텅 빈 하늘 멀리멀리 낮에 걸린 반달
어머니! 하고 외치는 내 목소리 전해다오

— 최규용

진달래

봄이 오면
팔도강산 물들이던
내 가슴에 묻고 있던 분홍빛 그리움
로키의 언덕에서
널 닮은 빛의 향연을 맞이한다.

— 윤복희

가을 로키의 손편지

깨알 같은 몇 글자로
그대 청춘의 안부를 묻는다

행간의 의미는 퇴색되어 가도
더욱 선명해지는 침묵의 소중함이여

— 신금재

착각

달나라를 다녀왔는지
구름 속을 산책하고 있었는지
비누거품으로 샤워 중이었는지
아무려면 어때
내 마음에 이미 풍선을 달았는데

— 김윤임

불놀이

하루를 잘 보냈다고
주는 상처럼 하늘에 불꽃놀이
어떤 불꽃 놀이보다 이쁘다
아궁이 앞에 얼굴 벌겋게 달아오른 너의 얼굴처럼

— 전재민

코스모스

한적한 마당가에 작은 정원

흐드러지게 피어
고향의 가을 소식을 전해 주네

— 서순복

벽돌

낡고 닳고 찌그러지고 깨지고
저마다 짊어져야 했던 무게
무너지지 않으려 버텨 온 세월

— 김관욱

국화향기

주먹 꼬오옥 쥐었지 날아가지 않게
하나하나 꽃잎 피어나면
더욱 진해지는 것을 너는 모르지
한껏 펼쳐 봐
세상은 너의 그윽함에 취할 거야

— 정순용

보랏빛 국화

보랏빛 꽃잎의 아침인사
잎새마다 스며드는
빛나는 순간들
바람은 향기를 품고

—김재규

국화의 합창

서로에게 미소하며 어깨동무 하고
바람에 몸 흔들며 함께 하는 노래

우리는 하나

— 박우민

입양된 국화 자기

끝내 꽃으로 환생하지 못한 한
자기에 새겨져 프랑스로 입양된 국화!
오랜 세월 뼈저린 아픔
이제는 한국으로 돌아갈 수 있도록
기꺼이 보내 드리리!

— 강영숙

고백

국화꽃의 솔직함이란

어쩌다 환하게 듣게 된
국화꽃의 고백

가을을 사랑해서
가을에 피는 꽃이 되었다네

— 김춘효

국화잎에서 감초향이 나는 걸 아시나요?

국화가 피어날 때마다, 흰 한복을 입으시고
한약을 짓던 할아버지가 떠오릅니다
국화꽃은 한국의 추억이 담긴 내 마음의 정원
국화향이 시간이 멈춘 그곳으로 초대합니다

— 정은숙

지구촌

둥근 지구 닮아
다多 함께 닮아가는 세상

행복한 미소는
다른 듯 같은 향기를 머금었네요

― 손봉금

우리 엄마

눈에서 내가 다 사라질 때까지
엄마는 목 길게 빼고 하염없다

이제 혼자서도
잘
걸어갈 수 있겠느냐고

— 최춘란

웃음 기부 천사들

하루하루를 열심히 살아가는
길손들에게
힘이 되어주고 기쁨이 되어주는
국화네 가족

— 김선애

꽃꽂이

가르쳐 주지도 않았는데
쏙 쏙 잘도 꽂았네
절대 색감의 완벽한 조화

내일은 더욱 화려해질 거야

— 김순자

엄마 잔소리

십 리 걸어 학교 가는 길
물 조심해라 비탈 조심해라
아침마다 신신당부하던 목소리

잃고 나니 귀에 쟁쟁한데
세월도 무색하여 향기로만 남았어라

— 박계옥

바람난 인생

이 꽃 저 꽃
옷깃만 스치고 다니면서
지아비 노릇 한번 못 해보는
역마살의 대명사

— 김경애

금계국의 가르침

꽃봉오리는 꿈의 출발점
활짝 핀 꽃은 찬란한 성공
시든 후에도 서로 다른 단계에서
생명의 아름다움을 노래하고 있다

— 장신(하북외대 학생)

시간의 모퉁이

해질녘 골목 담장에 기댄 월계화
희망의 빛으로 눈부시게 피어
외로운 시간 쓸쓸한 모퉁이를
등불처럼 환하게 밝히고 있다

— 마가혜(하북외대 학생)

연분홍 팔레트

오랜 기다림 때문일까
소녀의 목은 가늘고 길다
이 시간 자연의 팔레트는
오직 연분홍색 수줍음 하나

— 왕가몽(하북외대 학생)

시들어 간다는 것은

절절하게 나려지는 꽃보라
오롯이 줄기를 거두는 국화근
삶의 가을쯤 느꼈던가
무너지면서 퍼져가는 생의 그림자 아래
당신의 씨앗 여럿 뿌려져 있다는 것을

― 김동환

역사의 뒤안길

사보이호만 호텔 앞
꽃 마이크를 든 당신

식민지 종식을
환하게 응원합니다

1955 아시아 아프리카 반둥회의

— 김현주

바틱 내유

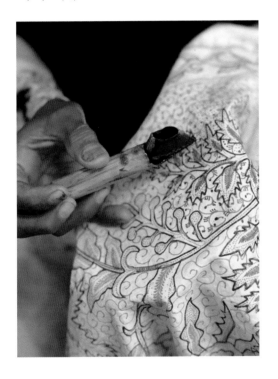

모든 시작은
작은 점點이었으니
한 점 한 점 찍어서
꽃 피우라 하시네

— 채인숙

국화 한 송이

국화 한 송이 내 손 끝에 머물러
님을 향한 영원한 고백

꽃잎에 새겨진 마지막 인사

— 오덕

낙화

하늘에서 내린 꽃잎
하루살이 이별처럼 떠나보낸
번지 없는 편지

— 오청

2024
제2회 세계청소년디카시공모전 수상작
—

초등부
중등부
고등부

어떻게 다 들고 가지!

비가 오는 날은
축축하고 우울한 기분 풀어주려고
하느님이 저렇게 맑고 예쁜 구슬을
잔뜩 내려주신다

― 김주연(진해 자은초 4)

달집태우기

엄마가 화날 때
맘속에
이렇게 불이 탄다

— **박단비**(경남 고성초 4)

경비아저씨

경비아저씨는 우리아파트 엄마 같다
가을이 오래 머무를 수 있도록
매일매일 국화꽃을 보살피신다
엄마가 우리를 돌보는 것처럼

— 홍대운(창원 가고파초등 5)

시험 망친 날

눈물이 또르륵

한참 울다보니

마음에
슬픔이 가득찼다

— 김보민(김해 화정초 5)

고마해라

자동으로 닫히는 그 순간도 못 참고
빨리빨리 닫기닫기

닫기는 매일 기절 직전이다

— **황규빈**(진해 자은초 6)

장래희망

지금은 텅 비어 보이지만
한 칸 한 칸 채우다 보면
나만의 세상이 펼쳐질 거야

─ 김예준(부산 금명초 5)

티격태격

아야 밀지 마
너야말로 밀지 마

아이 진짜
싸우지들 마

— **여지영**(김해 구산초 5)

하늘에

용의 흔적 한 개
공룡의 흔적 한 개
거북이의 흔적 한 개

— 김세빈(경남 고성초 5)

비눗방울

비눗방울은 방울방울 하나씩도 예쁜데
알알이 모아져도 예쁘다
무엇이든 혼자보다 함께하는 것이
더 아름다운 것 같다

― **황효주**(창원 북면초 6)

거품목욕

욕조에 초록빛 물을 풀고
그 위에 노란 거품 얹으면
가을에 들어가고픈
욕조가 된다

— 강하윤(김해 구지초 6)

초여름의 트리

한 가운데 자란 초여름의 트리
밑에는 꽃, 맨 위는
아름다운 태양으로 장식되었다
밝은 태양이 주위를
후끈후끈하게 한다

― 정재웅(고성 대성초 6)

지구온난화

우리 때문에 아픈 지구
예방접종 하는 날

얼마나 아프길래
저렇게 큰 주사를 맞을까

— **강재희**(김해 삼계중 2)

달팽이

여기저기 쓸 곳이 많고
여기저기 잘 붙는
나의 애완 달팽이

― 이연재(창원 구산중 1)

티타임

꽃차 우려내는 중

— 여지운(창원 구산중 2)

퍼즐

내 인생에 들어온 하나의 조각
덕분에 내 인생이
꽃처럼 피었다

너라는 조각 덕분이다

— **최윤지**(서울 한빛누리중 1)

숙제

앞은 보이지 않고
머릿속은 텅텅 빈 도화지 한 장

그래도 한 발 내디뎌 보이며
검은 먹물 하나 떨어뜨려 본다

— 박지인(김해 구산중 1)

까르르 웃음

가을날, 무더진 햇살 아래 모인 친구들
입을 여는 이야기마다
까르르 소리 높여 퍼지는 웃음이
찬란한 하늘만큼 그 아래로 꽃이 된다

ㅡ 조하윤(창원여중 3)

유기견

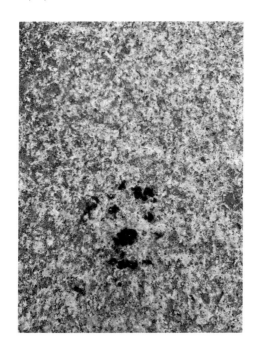

강아지가 버려졌다
주인이 지나다니던 곳에서
하염없이 기다린다
웃음을 잃지 않는 강아지
쓴웃음을 짓는 나

— 정이안(창원 구산중 1)

완벽주의

멀리서 보면 완벽한 줄 알았는데
가까이에서 보니 울퉁불퉁하네
멀리서 보니 항상 빛나는 줄 알았는데
가까이서 보니 어두운 부분도 있네

— **심수현**(창원 구암중 2)

친구들

쉬는 시간이 되면
애들은 모여 있고

나는 어떡하니

— **최원석**(서울 한빛누리중 1)

자리

누군가는 내 자리가 답답하다지만
누군가는 어리석다는 눈빛을 뿌리지만
누군가는 내 자리를 아무렇지도 않게 밟고 지나가지만
나는 내 자리가 딱
좋은걸

— 변민서(창원 마산의신여중 2)

행복의 행운

불행의 끝은 비로소 행복이다

세상은 이 행복을 작은 네잎 클로버 속에서 눈을 부릅뜨고 찾는다

때로는 행복이 자신에게 오기를 기다리기도 한다

이들은 운명이란 허튼 꿈에 시달리며 정작 바로 앞에 있는 소소한 행복을 놓친다

불행의 끝은 비로소 행복이다 행복은 기다리고 찾는 것이 아닌 만드는 것이다

— **천나무**(호주, Blacktown Girls High School 7)

사춘기

동그랗길 잘 했어
지금은 잠시 벗어났지만
머지않아 돌아, 돌아갈 수 있을 거야

— 이건희(홈스쿨, 고1)

소화제

시험으로 인해
불타는 내 마음

뜨거워진 속을
식혀 줄

처방전

— **장준혁**(김해 경원고 3)

깡깡이

깡깡 울려 퍼지는 망치 소리

옆집 청년은 아픈 어머니 약 구한다고
윗집 아주머니는 어린 딸 학교 보낸다고

지금도 울려 퍼지는 그 소리
녹슨 쇠가 벗겨지듯, 우리 또한 자라나 그 망치를 이어받습니다

— **현요셉**(부산 광명고 2)

마취제

보고 싶은 것만
원하는 모습만을 담아본다

학원 숙제 학교 시험
다 지우고
근심 걱정 잊게 해주는

— 이동현(김해 분성고 1)

외할머니의 척추

외갓집에 놀러 가면
외할머니는 나와 동생한테
맛있는 걸 먹이겠다고 언제나
굽은 등으로 맛있는 걸 해주셨다
마치 우리 외할머니의 척추 같다

— 김형준(고성 중앙고 1)

지갑

배가 고프다
주인을 잘못 만났다
누가 내게 먹을 것 좀 줬으면
초록색보다는 노란색이 좋다
나는 배가 고프다

— 이동윤(부산 광명고 2)

고향

하늘을 보니 고향이 그립다
멀리 떨어진 너와 나
우린 영원히 하나야

— 이재영(중국, 통지학교 국제부 10)

지각

노는 시간은
왜

빠르게 가는 걸까

— 김민서(김해 분성고 1)

혹

두 개의 혹을 짊어진 나,
하나는 무거운 고난,
다른 하나는 꿈의 짐
끝없는 사막을 걸으며,
서로의 무게를 나누어 나아간다

— 선정훈(부산 광명고 2)

골목

골목의 저녁,
누군가의 웃음소리,
발자국 소음 속에
남겨진 기억들이
그리움으로 물들어간다

— 정재웅(부산 광명고 2)

구름

잡고 싶지만 잡히지 않는
떠나가는 사람아

— **정혜원**(고성 철성고 1)